ソサノヲと出雲の女神たち

ホツマツタヱより

あいかわゆき 著

いときょう 監修

明窓出版

この物語を、尊い命を捧げてソサノヲ様へと導いてくれた
天国の最愛の息子あいかわこうきと、神奈川県相模原市
津久井中野神社のご先祖様に捧ぐ。

推薦文

いときょう

あいかわゆきさんは、カナダの地に住みながらも、縄文日本のことが書かれた『ホツマツタヱ』に魅力を感じ、これまで、現地にてホツマ物語の執筆に取り組んできました。その真摯な姿にふれるにつれ、ホツマツタヱを発見した故松本善之助氏の思いと、カミと呼ばれた指導者の思いとが、ほどよく混じりあいながら、ゆきさんの心を揺さぶり、この本が生まれたように思えます。古代和歌で書かれたホツマの本文を、しっかりと読み解いた上で、ゆきさんならではの感性を存分にいかし、登場人物の心境を、実によく描いていると感心しました。これはまさに、ゆきさんワールドです。いときょうのホツマは、ゆきさんのような方があらわれ、次の世代に引き継がれていくことを願っていたのです。ソサノヲを我が子のごとく慈しみながら、女性らしい細やかなタッチで、縄文の姫君の心境をも描いた本書は、今後多くの読者に深い感動を与え、語り継がれていくことでしょう。

目次

第一話　生まれる前の約束

ある日、宇宙の創造神アメミヲヤさまが、雲の上からとあるお国を、惚れぼれと眺めておられました。それは、大きな陸の東の果てにある、弓のような形をした島のお国でした。地上で一番先にお日さまが昇るお国です。

「我ながら、なんと美しい島よのう」

アメミヲヤさまが、うん、うん、とうなずきながら、ご満悦の表情を浮かべたときです。赤ちゃん天使のソサくんが、デーン、デンのデーン！　と雲の上をジャンプしながら、アメミヲヤさまのところに飛んできました。

「アメミヲヤさま、こんにちは！」

「おお、クニトコタチ改め、ソサノヲか（注1）。相変わらず元気じゃのう。どうじゃ。そろそろ、地上に降りていく気になったか」

「いえいえ、まだまだ、こちらの生活を楽しみたいです！」

「そうはいってものう、ソサノヲが選んだ母さまは、もうすでに、三人も子どもを生んでおる。うかうかしていると、おばあさんになってしまうぞ」

「ええ？　おばあさん!?」

ソサくんが、ちょっとたじろぎました。

「そうじゃ。せっかく、あのように立派な女性のところへいくチャンスなのじゃ。みすみす逃《のが》すことはないと思うがのう。一番上の兄さまは、太陽のように輝くアマテルカミ。二番めの兄さまは、月のように慎ましやかなツキヨミのカミ。ふたりの上の姉さまは、和歌の名手ワカ姫じゃ。とはいえ、みんなそなたの、かわいい子孫たちじゃがの」

「うーん」

ソサくんは、考えました。

ソサくんが選んだ母さまは、名をイサナミといって、さきほど、アメミヲヤさまが目を細めて眺めていらした島のお国に住んでいます。イサナミ母さまは、思いやり溢れるアマカミ（注2）であるイサナギ父さまを、いつもやさしくサポートしています。

「そろそろいったほうが、いいのかな。ここの暮らしは、楽しいけれど、兄さまや姉さまの後にぼくがいったら、母さま、たくさん、かわいがってくれるかな」

そうそう、ソサくん、そのちょうし。今では、上の兄さまおふたりは、別のお宮でお暮らしなので、なおさら、かわいがってもらえますよ。

やっと、ソサくんがその気になってきたようで、アメミヲヤさまも、ほっとひと息つきました。

いよいよ、ソサくんが、地上へいく日になりました。

「アメミヲヤさま、長い間、お世話になりました。おなごり惜しいですが、いってきます！」

「おお、いざ見送るとなるとわしも淋しいが、いつも見守ってるから、安心せい」

「はい！」

ソサくんは、元気よくこたえます。

「ただ、ひとつだけいっておこう。新しい家族となるそなたの子孫たちは、そなたを偉大なるご先祖だとは知らぬ。上に立つ者が私心を持たずに民に尽くし、和《やわ》すという『ト の教え』を説いた国の祖だということを知らぬ。力のありあまるおまえは、太陽のようなアマテルの陰でつらい思いをするが、それでもよいのじゃな」

「はい、だいじょうぶです！」

「そなたの敬愛するイサナミからも、自分の力をもてあます困った子だと思われ、そなたが大きくなる前に、イサナミは天に還ることになるが、ちゃんとやり遂げられるか。前回よりも、かなり難度の高い人生となるが」

「それはちょっと、つらいかもしれませんが……。でも、いつでも、どんなときにも、自分を信じて、みんながハッピーになれるよう、がんばります！」

するとソサくんは、デーン、デンのデーン！　と、いきおいよく雲からジャンプして、そのままっしぐらに、憧れのイサナミ母さまのところへと降りていきました。

注1）クニトコタチは、日本建国の祖。
注2）アマカミとは、当時の日本の指導者であり、現在の天皇にあたると考えられる。

第二話　ソサノヲ誕生

ソサくんの家族（注3）は、そのころ、クマノという緑豊かな土地に住んでいました（注4）。トの教えの象徴である橘《たちばな》の木もたくさん植えられ、みかんの香りが甘く広がる常世里《とこよさと》のような世界です。

そこへ、熊さんのように大きなソサくんが生まれてきたので、みんな大喜びです。

「ソサったら、生まれたばかりの赤ちゃんなのに、母さまが抱っこしていると、母さまの腕からはみだしそうですね」

お姉さんのワカ姫さまが、おかしそうにいいました。

「ほんとうに。きっと、母よりもずっと、強くたくましい子になるでしょう」

イサナミ母さまは、愛おしそうに、ソサくんをみつめます。

「ウフフ。でも、こんなにお花でいっぱいのかぐわしい季節に生まれたソサは、もしかしたら、夢みがちな男の子になるかもしれませんよ」

ワカ姫さまがいうと、

「ええ、きっとソサも、あなたに似て、よい歌を詠むようになるでしょう」

イサナミ母さまが、満足そうにこたえました。


ところが、ソサくんったら、その晩からただただワーワー、泣きわめきはじめたんです。小さな体に押しこまれて、ピョンピョンとびまわれないし、暗い夜はやってくるしで、フンギャー、フンギャー、と叫び続けます。お国にも、どんよりよどんだ空気が広がっていきます。

「いったい、どうしたことだろう」

母さまは、思いました。

「おっぱいが足りないのだろうか。むつき（おむつ）が気持ちわるいのだろうか。それとも、わたくしの心にけがれがあって、それでソサは、泣いているのだろうか」

あれこれ思いを巡らせていると、母さまは、はっとしました。

「この子を身ごもった日は、天の巡りがよくなかったのだ。だいじなソサに、けがれた気をまとわせてしまった」

いてもたってもいられず、母さまは、クマノのお山で、ソサくんを祓《はら》い清める祈りを捧げます。

「そうじゃないよー。ただ体が、きゅうくつなだけだよー」

ソサくんがいおうとしても、ウワーン、ウワーン、という声がでるだけでした。

ソサくんは、少し大きくなって、歩いたり、走ったりできるようになると、畑や田んぼに、えいや！　っとジャンプしては、その元気っぷりを発揮していました。ふかふかの土や、きらきらのお水に飛びこむときの気持ちよさといったらありません。

でもね、この畑や田んぼは、お国の人たちが食べものを育てている、大切な大切な場所なのです。お国のリーダーのイサナギ父さまとイサナミ母さまは、ほとほと困ってしまいました。

「長男のアマテルは、わたくしたちがなにもいわなくても、なんでもよくわかる賢い子なのに……。ソサが荒らした畑を、どう償ったらよいのだろう」

そう、イサナミ母さまが思ったときです。

「みなそれぞれに、役目がある」

という声が、どこからともなく聞こえてきました。

イサナミ母さまは、きょろきょろして、その声のぬしを探しましたが、だれの姿もみえません。

「いまのは、いったい。もしかしたら……」

イサナミ母さまは、はっとして両手をあわせるとこうべをたれ、天を拝みました。

注3）イサナギ・イサナミの子どもたちは、長女のワカ姫、長男のアマテルカミ、次男のツキヨミ、三男のソサ

ノヲの四人。現在、アマテルカミが女性とされているのは、ワカ姫とアマテルカミがひとりの人物として統合されたため。ソサノヲ誕生の際、クマノ宮に住んでいた兄弟は、ワカ姫のみ。

注4）ソサノヲが生まれた地（三重県熊野市有馬町の産田《うぶた》神社）は、当時「ソサ国」と呼ばれていたことから、ソサノヲと名づけられた。ヰミナ（本名）は、イサナミが花の下でワカ姫に歌を教えていた季節にソサノヲが生まれたことにちなみ、ハナキネという（いときょう先生著『やさしいホツマツタヱ　枕ことばの世界・ミハタの五』より）。

第三話　イサナミ母さまの愛

いつものように、ソサくんが、畑でジャーンプ！　したり、風を切ってビュンビュン走ったりして、遊んでいたときのことです。

イサナミ母さまがやってくると、ソサくんをふんわり抱きしめました。

「母さまは、悲しい。畑を作っている人や、これから育とうとしているお野菜たちが、泣いている」

母さまの涙が、ソサくんのほっぺに伝わると、さすがのソサくんもシュンとしました。

「でも、母さまにはわかる。ソサが、このありあまる力をよいほうに向ければ、必ず大きなことをなし遂げると」

「ほんとうに、そう思う?」

「ほんとうに、そう思いますよ」

「母さま、ぼくのこと、好き?」

「ええ、大好きですよ。ソサは、母さまの宝ものです」

ソサくんは、くすぐったそうに、ウフフと笑うと、温かな母さまの胸のなかで、うっとりと目をつむりました。すると、ソサくんのほっぺを、夕焼け空がオレンジ色に染めました。


それは、いつになく、お日さまがジリジリと照りつける日のことでした。ソサくんがだめにした畑の分まで償おうと、イサナミ母さまは、クマノのお山で一心に働いていました。お山を焼いて、栄養のある土を作ろうと、懸命になっていました。すると、いきなり風の向きが変わって、イサナミ母さまめがけて、火が押しせまってきたのです。

「なんとかしないと!」

イサナミ母さまは、火の神カグツチを生んで、火を鎮《しず》めようとしましたが、なかなか思うようにいきません。

カグツチに、もっと力を与えようとしたときです。たけりくるった火が、イサナミ母さまを飲み込みました。

イサナミ母さまは、自分の体が燃えつきる前に、なんとか人と山を守ろうと、最後の力をふりしぼって、土の神ハニヤスと水の神ミツハメを生みだします。ハニヤスとミツハメが出会い、手に手を取りあって山をかけ上がると、ふた柱の神のエネルギーが虹色の噴水のような光となって、山を包みました。すると、山がほどよく焼けて土がふかふかになり、食べものの神ワカムスビが生まれました。こうして、イサナミ母さまの御魂《ミタマ》は、大きな大きな光となって、天に昇っていきました。

第四話　ソサノヲの悲しみ

母さま母さま　どこにいる
ぼくにはお姿　みえませぬ
お声だって　きこえませぬ
母さまに会いに　きたぼくを
どうしておいて　いったのか
お山のむこうへ　いったのか

イサナミ母さまがいなくなったお宮は、どこもかしこも冷たく静まりかえり、まるで知らないお宮のようでした。

イサナギ父さまはふさぎこんで、お国のお仕事にも手がつきません。イササミ母さまのことで頭がいっぱいで、しまいには、母さまの眠るほこら（注5）を開けて、亡きがらに会いにいったほどでした。

でも、ソサくんには、お姉さんのワカ姫さまがいました。ワカ姫さまは、自分を育ててくれたカナサキさんご夫妻がしてくれたように、幼いソサくんを守ろうとかたく決心して、ソサくんに寄り添い続けます（注6）。

「姉さま。母さまは、ぼくがもっとおとなしくていい子だったら、ずっと一緒にいてくれたの？きかん坊のぼくが、母さまの子になったから、死んじゃったの？」

「そんなこと、あるはずがないじゃありませんか。母さまは、いつだって、ソサのことを想っていたのですから」

「ううん、きっと、そうなんだ。こんなぼくが、母さまを好きになって、母さまの子になったからいけなかったんだ。だったら、もう、ぼく、だれも好きになんか、ならない。ウォーーーン、オンオン、ウォーーーン」

ソサくんは、大声で泣き続けました。

「ソサ、そんなことをいったら、イサナミ母さまが悲しみますよ。母さまは、ソサが生まれてくるのを、ほんとうに待ち望んでいたのですから。桜をみては、花のように美しい子が生まれるか、雪をみては、雪の花のように心の澄んだ子が生まれるかと、それはそれは、楽しみにしていたのです。それにね、ソサ。人がいつ天に還るかは、わたくしたちに、どうこうできることではないのです。大いなる天のご計画のもとにあるのです」

「そんなの、うそだい！　ほんとうは母さま、ぼくのせいで、死んじゃったんでしょ？　なら、ぼくも死んじゃいたい！」

それからというもの、ソサくんの心と体は、毎日まいにち針で刺されているように、ズキズキ、ズキズキ、痛くなり、とうとう声まで、うまくでなくなってしまいました。

注5）三重県熊野市有馬町の花窟神社《はなのいわじんじゃ》。

注6）ワカ姫が生まれた年は、イサナギ・イサナミの厄年に当たっていた。このため、ワカ姫は三つになる前に厄祓いのため捨てられ、待ち受けていた重臣カナサキ夫妻に拾われて育てられる（その地が、現在の兵庫県西宮市の広田神社と西宮神社となっている）。カナサキをご由緒とする神社は、大阪市住吉区の住吉大社（いときょう先生著『やさしいホツマツタヱ』の「和歌のおはなし」より）。

第五話　ワカ姫、あわ歌を教える

ガラガラでゴソゴソのつまったような声で、ソサくんが一生懸命、ワカ姫さまとお話ししていたときのことです。

「ソサ。こういうときこそ、イサナギ父さまとイサナミ母さまがお国のみんなに教えた、あわの歌をうたいましょう。父さまと母さまは、みんなの声がよくとおって、一緒に楽しくお話しできるようにと、あわの歌を広めたのですよ。楽しくお話しできれば、お互いのことがよくわかって、みんなで仲よく暮らしていけますからね」

ワカ姫さまはそういうと、かだがき（琴の原型）を奏でてうたいました。

「あかはなま　いきひにみうく
ふぬむえけ　へねめおこほの
もとろそよ　をてれせゑつる
すゆんちり　しゐたらさやわ」（注7）

最初は、そんなことしたって、ぼくの声はでるようになんてならない！　とすねていたソサくんですが、ワカ姫さまがあんまり素敵にうたうものですから、ついついつられて、一緒にうたいはじめました。

「あかはなま　いきひにみうく

ふぬむえけ　へねめおこほの
もとろそよ　をてれせゑつる
すゆんちり　しゐたらさやわ」

「そうそう、そのちょうし！」

ワカ姫さまは、大喜びでいいました。

「あわ歌は、天をあらわす『あ』ではじまり、地をあらわす『わ』で終わるので、『あわ歌』というのですよ。あわ歌は、天と地を繋いで、みんなをしあわせにする歌なのです」

「みんなを、しあわせに……」

ソサくんが、つぶやきました。

「そうしたら、ぼくも、しあわせになれるの？」

「もちろんですとも。ソサも、しあわせになるのです」

「ぼくも、しあわせに……」

ソサくんは、少しとまどいながらも、心がほのかに温かくなるのを感じました。


注7）現代ひらがなの四十八文字すべてが、あわ歌のヲシテ四十八文字で表されている。

第六話　アマテルカミのお妃たち

　さて、それから何年かの月日が流れ、みんなからお日さまのようだと慕われていた、お兄さんのアマテルカミさまは、おじいさんのトヨケカミさまのもと（注8）での勉学を終えて、イサワの宮（注9）で、十三人のお妃さまと暮らしていました。大きくなったソサくん改め、ソサノヲさまも、同じお宮にお部屋をかりて、一緒に住んでいます。

　それにしても、なんでアマテルカミさまには、十三人もお妃さまがいたのでしょうか。それは、イサナギさまとイサナミさまの一代前のアマカミさま、オモタルさまとお妃のカシコネさまに、赤ちゃんができなかったため、みんなの心に不安が広がって、お国が乱れてしまったからなんです。同じことを繰り返さないよう、大切な赤ちゃんをたくさん授かりますようにと、みんなで考えて決めたことなんです。なんといっても、赤ちゃんというのは、みんなの未来を照らす希望の光ですからね。

　実のところ、イサナギさまとイサナミさまも、なかなかお世継ぎの男の子に恵まれず、トヨケカミさまが八千回もお祈りをして、やっとアマテルカミさまにきていただけたんです。それで、もう、こんなにひやひやすることのないようにと、アマテルカミさまには十三人のお妃を、ということになったのです。

　ただ、そうなると、お妃さまたちは、やっぱりいろいろ大変でした。だれだって、愛するだんなさまには、一番に愛してもらいたいですものね。

なかでも、イサナギさまの姪ごさんのモチコさまとハヤコさま姉妹は、お妃さまの内で一番位《くらい》の高い、北のツボネとしてお嫁にきたのですが、アマテルカミさまから、一番には愛してもらえませんでした。アマテルカミさまが、だれよりも大切にされたのは、ふたりよりも位は低いけれど、心やさしく、なんともいえず雰囲気のよい、セオリツ姫さまというみやびな女性でした。アマテルカミさまとセオリツ姫さまは、春には桜をともに愛で、夏には甘酸っぱい橘の実にお顔をほころばせておられました。

それがつらくて、ある日モチコさまは、ハヤコさまにいいました。

「ハヤコ、わたくしは、そんなに魅力のない人間なのでしょうか。だれよりも位が高く、だれよりも先に、アマテルカミさまのお子、ホヒノミコトを生んだのに、アマテルカミさまのお心は、セオリツ姫さまのもとへいってしまいました」

「そんな、お姉さまに魅力がないなんて。第一、お姉さまとセオリツ姫さまでは、タイプが違うではありませんか。たまたま、セオリツ姫さまが、アマテルカミさまのお好みだっただけですわ」

「そうでしょうか」

「そうですとも。それに、ほんとうはわたくし、秀才のアマテルカミさまよりも、自由気ままなソサノヲさまに、惹かれておりますの」

「まあ、ハヤコ。そのようなことをいうものではありません。わたくしたちは、アマテルカミさまのお妃として、お嫁にきたのです。イサナギ伯父さまやクラキネ父さまに恥をかかせるようなことは、してはなりませんよ」
「それはわかっておりますが、体は大きいのに、なんともいえず淋しげなソサノヲさまのことを想うと、胸がキュン、となってしまって」
夢みごこちなハヤコさまを、モチコさまは、不安そうにみつめました。

不安は不安を呼ぶといいますが、それからのモチコさまには、つらいことが続きました。モチコさまは、たとえアマテルカミさまに一番に愛してもらえなくても、だいじなだいじなご長男のホヒノミコトさまが、アマテルカミさまの後を継いでアマカミになられることを、楽しみにしていたのです。それなのに、それなのに、アマテルカミさまときたら、なんと、ホヒノミコトさまの後に生まれたセオリツ姫さまのお子、オシホミミさまを、ご自分の後を継ぐアマカミにすると宣言されてしまったのです。

これには、モチコさまも絶望してしまいました。自分だけでなく、愛する我が子まで、一番大切にはしてもらえないなんて……。自分のあれがいけないのか、ホヒノミコトのこれが足りないのかと、ただひたすらに責め続け、ぐるぐる、ぐるぐる、堂々巡りをはじめました。

そんなモチコさまをみかねて、ハヤコさまがいいました。
「モチコお姉さま、どうかそんなに、ご自分を責めないで。わたくしにとって、モチコお姉さまは、だれよりも大切なお姉さまなのですから」

「ありがとう、ハヤコ。そんなふうにいってもらうと、救われるような気持ちがいたします。でも、あなたには、ソサノヲさまという恋するお方がいる。アマテルカミさまをいちずに想うわたくしの気持ちなど、あなたにはわかりません」

そういうと、モチコさまはうつむいて、部屋の奥へと消えていきました。


注8）富士山麓にあるハラミの宮（静岡県富士宮市の富士山本宮浅間大社）で生まれたアマテルカミは、後に日高見《ひたかみ》にいる祖父トヨケカミのもとに留学し、帝王学を学んだ。トヨケカミの宮は、宮城県多賀城市の多賀城周辺にあった。

注9）三重県志摩市磯部町の伊雑宮。

第七話　クラキネの受難

さらに追いうちをかけるように、今度は、モチコさまとハヤコさまのお父さま、クラキネさまのところに事件が起きました。

クラキネさまは、モチコさまとハヤコさまのお母さまが亡くなられた後、ひとりぼっちでネの国、サホコ、チタル国（注10）を治めておられました。年をとって、後を継いでくれる男の子もなく、自分はこのまま、日本海の冷たい風が吹きつける北の国で死んでいくのかと、心細く思っておられたのです。

そんなクラキネさまの前に、ある日、絶世の美女があらわれました。だれもがびっくりして、振りかえるような美人です。ハッと息をのむ、美しさです。クラキネさまも、ひと目みて忘れられなくなりました。ずっと、そばにいてほしくなりました。

それで、その美しい女性に、新しい奥さんになってもらったんです。奥さんの名前は、サシミメさんです。

クラキネさまは、サシミメさんを、それはそれは大切にしました。ふたりの間に、女の子の赤ちゃん、クラコ姫さまが生まれると、目に入れても痛くないほどかわいがりました。そして、しあわせいっぱいに暮らしました。めでたし、めでたし……、となればよかったのですが……。

実は、サシミメさんには、自分はサシミメの兄だという、コクミさんという人がついていたんです。ほんとうにお兄さんかどうかはわからなかったといいますか、蓋《ふた》をあけてみれば、すべてコクミさんが仕組んだことだったのですが、なんといってもクラキネさまは、サシミメさんにぞっこんでしたからね。疑うことなく信じて、ついつい、コクミさんのこともかわいがってしまいました。そして、サホコとチタルのお国のマスヒト（注11）に、任命してしまったのです。

すると、コクミさんは、しめしめとばかりに、いきなり与えられた大きな力にあぐらをかき、これまでのうっぷんを晴らすように、それはもう、やりたいほうだい、お山の大将になってしまったんですね。

クラキネさまが亡くなると、自分の仲間のシラヒトさんをクラコ姫さまのおむこさんにして、クラキネさまが持っていらしたものを、ぜんぶ自分のものにしてしまいました。サシミメさんも、クラコ姫さまも、土地の人たちも、みんなみんな、自分のいいようにしてしまいました。そうして、獣にも劣るようなたくさんの悪事を働いたために、ある日、それがみつかって、アマテルカミさまたちに、牢に入れられてしまったのです。そのうわさを耳にされたモチコさまは、自分だけでなく、お父さまのクラキネさままで、みんなからかわいそうがられたり、ばかにされたりして、いてもたってもいられなくなりました。

「ハヤコ、お父さままで、こんなことになってしまったら、わたくしはいったい、どうしたらよいのでしょう」

「お姉さま……」

「わたくしも、ホヒノミコトも、アマテルカミさまから一番には愛していただけず、お父さままで……」

「でも、お姉さまは、なんでそんなに、一番にこだわられるのですか。アマテルカミさまは、お姉さまのことも、ちゃんと考えてくださっているじゃないですか。だからこそ、お父さまのお国の改革を、お姉さまにお任せくださったのではありませんか（注12）。これは、チャンスですよ、お姉さま！」

「チャンス……」

ハヤコさまの言葉に、モチコさまは、かすかに胸が高なるのを感じました。

ハヤコさまに励まされて、モチコさまは、まず、牢のなかにいるコクミさんの話を聞きにいきました。

「はじめまして。わたくし、クラキネの娘のモチコと申します。あなたさまと父との間になにがあったのか、お話を伺いたくてまいりました」

「モチコ……。ああ、クラキネさんの。お父さんから、いつも話は聞いていたよ。なんでもよくできる、自慢の娘だってな」

「お父さまが、そんなことを……」

「そう！　アマカミ一族のおじょうさんは、いいよな！　こちとら名もない、タミの生まれ（注13）。おやじもおふくろも、早くに死んで、いいことなんて、なんにもなかった。だあれもほんとうには、助けてくれなかった。忙しい、忙しいって、そればっかりだ。てめえがいい思いをすることばかり考えやがって。あいつらにとって、おれなんか、虫けら同然だったのさ！」

コクミさんの剣まくに、モチコさまは言葉もありません。

「それで、おれは決めたんだ。おれをばかにしたやつらより、いい暮らしをして見返してやるってな」

「でも、父は、コクミさんを大切にしていたのではありませんか？」

「そうだな。ほかのやつらよりは、だいじにしてくれたな。それでもやっぱり、クラキネさんも、あんたとハヤコさんのことが、ほんとうは一番かわいかったんだ。もし、ふたりがそばにいたら、おれなんていらなかったんだ！」

「一番……」

モチコさまは、まるでナイフが胸に突き刺さったようになって、息ができなくなりました。そして、なにかに取りつかれたように牢の扉を開けると、コクミさんを逃がしてしまいました。

注10）クラキネは、現在の新潟から島根に渡る日本海側全体を統括していたマスヒト（益人）。

注11）マスヒトは、クニカミ（国守）のひとつ下の役職。

注12）ネのクニカミには、イサナミの兄であるヤソキネと、その妻であり、イサナギの姉であるシラヤマ姫が任命された。

注13）古代の指導者をカミ（守）といい、指導者の考えに基づきカミの教えを人々に伝える人をトミ（臣）といった。また、タミは人民のことをいう（いときょう先生著『やさしいホツマツタヱ』より）

第八話　ソサノヲ、女心に巻きこまれる

ところで、アマテルカミさまのお宮に住んでいるソサノヲさまは、あれからどうなさっているでしょう。

実は、ソサノヲさまも、クラキネさまのお国の改革のためにネの国へいくよう、アマテルカミさまからおおせつかって、意気ようようとでかけていったんです。というのも、昔、お父さまのイサナギさまから、ネの国はソサノヲさまが治めるようにといわれていたのですが、そのころはまだ、イサナミ母さまが恋しくて泣き暮らしていましたので、ネの国へいくどころではなかったのです。

今度こそチャンス！　とばかり、たくましい立派なお姿で、ソサノヲさまが、ガシガシとネの国へ向かったところ、なんとまあ、イサナミ母さまにそっくりな、みめ麗しい姫がいらっしゃるではありませんか。侍女に聞くと、筑紫《ツクシ》の宇佐におられるアカツチさんの娘、ハヤスフ姫さまだといいます。

このお方こそ、まさに運命の女性、と直感したソサノヲさまは、その場で即、結婚の申し込みをされました。ところが、自分のお宮を持たず、兄のアマテルカミさまのお宮のいそうろうの身だったため、アマテルカミさまから、結婚はまだ早いといわれてしまったのです。

「そんな。せっかく、イサナミ母さま似の女性と、出会えたというのに」

意気消沈して、ソサノヲさまがアマテルカミさまのイサワの宮へ戻ってくると、廊下の向こうで、ハヤコさまが、おいで、おいでをしています。

「なんだろう?」

ソサノヲさまがいってみると、部屋のなかで、モチコさまが泣いています。

「ソサノヲさま、ちょっと、聞いてください。あなたのお兄さまは、あまりにもひどいのではありませんか。セオリツ姫さまばかりひいきして、お姉さまを傷つけたあげく、お姉さまがコクミさんに同情して牢から逃がしたら、今度はお姉さまを厳しく叱責され、当分の間、部屋で謹慎せよとおっしゃるなんて」

ちょうどソサノヲさまも、ハヤスフ姫さまとの結婚を反対されて、心がもやもやしていたところだったので、ついつい、ハヤコさまの言葉にのっていいました。

「そんなことがあったのですね。実はわたしも、少々やりきれない気持ちでいたところなのです」

「ソサノヲさまも?」

ハヤコさまがたずねます。

「兄が立派なのはわかりますが、みんなから褒められてばかりの兄さまは、わたしのことを軽くみているのです。この間など、わたしの結婚を反対されて」

「まあ、ご結婚?」

ハヤコさまが、ギクリとしてたずねます。

「そう、結婚です。せんだって、ネの国で、それは美しい人に出会ったのです。あれほど母に似ている女性に会ったのは、はじめてですよ」

ハヤコさまは、胸がズキンと痛みましたが、できるだけ平気なふりをしていいました。

「まあ、せっかくソサノヲさまが、イサナミさま似の素敵なお方と出会われたのに、アマテルカミさまは、なにを考えていらっしゃるのでしょう。ご自分は、愛しいセオリツ姫さまと、おしあわせにされているのに」

「まったくだ。わたしだって、しあわせになりたいのだ。いつも兄さまばかりで、不公平だ」

「そのちょうしですわ！　わたくし、実のところ、いつもソサノヲさまを応援しておりましたの。お心もお体も大きくて、とっても頼りがいがあると。いっそ、ソサノヲさまが、アマカミになられればよいのに。ねえ、お姉さま？」

「そんな、だいそれたことを……」

「まあ、お姉さまったら、弱気なことを。お姉さまだって、こんなにおつらい思いをされているではありませんか」

「それはそうですが……。こういうことは、もっと、慎重に進めていかないと」

「わあ、お姉さまにも、やっぱりその気がおありなのですね！　ねえ、ソサノヲさま、どうか、アマテルカミさまの代わりに、アマカミになって！　そして、わたくしたち姉妹のことも、しあわせにして！」

イサナミさまが亡くなられてから、ずっと淋しい思いをしてきたソサノヲさまは、こんなふうにハヤコさまに頼られて、胸が熱くなりました。体中に、力がみなぎる気持ちがしました。

「よし、わかった！」

ソサノヲさまが、勇ましく剣を持って立ち上がった、そのときです。廊下でガタッと音がして、人が立ち去る気配がしたのは。

ハヤコさまが、慌てて部屋の外に顔をだすと、セオリツ姫さまの妹姫、ハナコさまの背中が、しずしずと遠くなっていくのがみえました。

第九話　ふたさすら姫

さあ、大変です。三人の話が、ハナコさまからセオリツ姫さまのお耳に入り、まずは、モチコさまとハヤコさまが、セオリツ姫さまから呼びだされて、遠い九州の筑紫の国に送られることになりました。アマテルカミさまのお心を煩《わずら》わせず、穏便にすませようと、セオリツ姫さまが配慮されてのことでした。

ただ、アマテルカミさまから罰を受けるのならともかく、もともと自分たちより位の低いセオリツ姫さまから筑紫へいけといわれたことで、モチコさまとハヤコさまは、納得できない思いでいっぱいになってしまったんです。とくに、モチコさまは、アマテルカミさまとの間にできた、大切な大切な男の子、ホヒノミコトさまとも離れればなれにさせられることが決まり、心と体がばらばらになるほど、苦しみはじめました。いくら、いつかは帰ってこられるといわれても、信じることができません。

「セオリツ姫さまは、どうしてこれほどまでに、わたくしを苦しめるのでしょう。アマテルカミさまのみならず、我が子ホヒノミコトまで、わたくしから奪い取るとは。今回のことにしても、わたくしは本心から、アマテルカミさまに歯向かおうとしたのではないではありませんか。話の流れで、そのような雰囲気にはなってしまいましたが」

いっぽう、ハヤコさまは、三人のお姫さま（注14）とともに筑紫へくだることが赦されたのですが、恋しいソサノヲさまと引き離され、見知らぬ土地のお宮へ流されることで、心が千々に乱れておりました。筑紫についてからも、こんなへんぴで淋しいところ（宇佐の御許山《おもとさん》）は、いやだー、いやだーと、恨みぶしを唱えては、お世話係のアカツチさんを困らせて、三人のお姫さまをお世話するどころではなくなってしまったのです。

そのため、もはやこれまでと、セオリツ姫さまは、モチコさまとハヤコさまに、筑紫からの追放をいいわたしました。

あわれ、ふたさすら姫となったモチコさまとハヤコさまは、その後、ヒカワ（現在の島根県）でコクミさんたちと合流し、ここに、深い悲しみが大きな怒りとなってふくれ上がった、大蛇たちのハタレ集団ができ上がったのです。

注14）アマテルカミさまとの間に授かったタケコ姫（オキツシマ姫）、タキコ姫（エツノシマ姫）、タナコ姫（イチキシマ姫）の三つ子の姫。宗像三女神とも呼ばれる。

第十話　ソサノヲご乱心

いっぽう、ソサノヲさまは、モチコさまとハヤコさまの女心に巻きこまれて立ち上がっただけでしたので、なんとかおとがめは受けずにすんだのですが、ハヤスフ姫さまとの結婚はうまくいかないわ、アマカミの座をねらう不届き者という目でみられるわで、孤立して追い詰められてしまいました。

あまりの孤独に耐えかねて、まるで、幼いころに戻ったように、田んぼにずかずか入りこみ、だいじな苗をけちらし、ふみしめ、引きぬいて、大泣きに泣きながら、暴れはじめました。なかでも、いちどお米の種をまいた田んぼに、もういちど種をまいて、お米が育ちにくいようにする「しきまき」というわるさには、アマテルカミさまも頭をかかえられ、ソサノヲさまを呼びだして、厳しく注意されました。

すると、ソサノヲさまは、

「なんでいつも、わたしばかり！　兄さまには、わたしの気持ちなど、わからない！　つらい思いをしている人の気持ちなんて、わからないんだ！」

と、爆発してしまいました。

こうなると、もうだれも、ソサノヲさまをとめることはできません。セオリツ姫さまに告げ口したハナコさまが機を織っているご殿へと、一目散にかけていきます。

ズシン、ズシン、ガシン！

「あの音は、ソサノヲさまがくる音に違いない」

入り口のそばにいた人が、扉をかたく閉ざします。

「開けてくれーーーー！　開けてくれよーーーー!!　このソサノヲの話を聞いてくれ！　お願いだから、聞いてくれよーーーー！」

それでも、扉は開きません。

「なんでみんな、わかってくれないんだ。いつも、わたしのことをわるくみて、あんまりじゃないか！ウォーーーン、オン、オン」

滝の涙を流してわめきたて、憤《いきどお》りに我を失ったソサノヲさまは、大きな二本の腕で馬をひょいっと持ち上げると、ご殿の屋根めがけて投げ入れました。

ズドン！

いきなり空から馬が降ってきて、ご殿のなかは大混乱です。みんなが右往左往するなか、驚いて逃げようとしたハナコさまの胸に機織りの道具が刺さり、失神されたハナコさまは、そのまま二度と目を覚ますことはありませんでした。

「ソサノヲ。おまえには、なぜわからない。このように暴れて、力ずくで国を手に入れたとて、どうしてみなを、しあわせにできようぞ。民に尽くし、和《やわ》す日々があってこそ、民を導くことができるのではないか」

そして、アマテルカミさまは、次のようなお歌を詠まれました。

天が下　和《やわ》して巡る日月こそ
晴れて明るき　民の両親《たら》なり

しかし、アマテルカミさまの渾身《こんしん》の言葉も、ソサノヲさまには届きません。

「だから、国を手に入れようとなど、していないではありませんか！　いつもそうやって、わたしがわるいと決めつけて、ご自分は優等生！　トヨケじいさまから帝王学を学んだ兄さまには、日陰の身のわたしの気持ちなど、わからないんだ！　ウワーーーーーー！」

雄たけびを上げながら、岩という岩に蹴りを入れるソサノヲさまの剣幕《けんまく》に、さすがのアマテルカミさまも、どうすることもできません。

「ソサノヲがこうなったのも、すべてはわたくしの責任」

そう思われたアマテルカミさまは、イサナギさまとイサナミさまへのお詫びもこめて、ひとり岩室《いわむろ》にお入りになり、扉を閉ざしてしまいました。

ああ、なんということでしょう。お日さまみたいに暖かくあたりを照らすアマテルカミさまが、姿をお隠しになったのです。世の中はまたたくまに暗くなり、みんなオロオロするばかり。なにやら空気まで、冷たくなってきました。なんとかしないと！

そこで、ワカ姫さまのだんなさまで、英明《えいめい》の誉《ほま》れ高いオモイカネさまが中心となって、アマテルカミさまにお出ましいただくお祈りの儀式を行うことになりました。

まずは、岩室の前に神楽殿《かぐらでん》を建て、笹の葉でお湯をまいてあたりを清めます。舞台にかがり火を灯して明るくし、まわりにおけら（キク科の植物）を焚いて庭火とします。舞台には、ウスメさまを中心とした舞姫たちがひかえています。ウスメさまが手にしたマサカキの枝には、上枝にお日さまをあらわす赤い玉、中枝に真実を映しだす鏡、下枝に邪をはらう麻布のニキテが飾られていました。隣りの女性は、色鮮やかな錦布《にしきぬの》で柄《つか》をまいた矛を構え、白装束《しろしょうぞく》にヒカゲ蔓《かずら》のたすきをかけた舞姫たちの装いが、お祈りの清逸《せいいつ》さを引き立てています。

こうして、常世の踊りの準備が整ったところで、オモイカネさまが、亡くなられたハナコさまの夕マをアモトに返す歌をうたいました（注15）。

香久《かぐ》の木枯れても匂《にほ》ゆ　しほれても良や
吾妻《あがつま》　あわ　吾妻　あわや
しほれても良や　吾妻　あわ

意味…ハナコさま、あなたは亡くなってしまわれましたが、今も香久（橘）のようにかぐわしい香りを漂わせています。あなたさまのことを、わたくしたちは生涯忘れることはございません。どうか安心してアモトへお還りください。

自分の思いをしっかり受けとめている者たちが、岩戸の向こうにいることを知ったアマテルカミさまは、岩戸を細く開いてあたりの様子をうかがいました。と、そのときです。待ってましたとばかりに、力持ちのタチカラヲさまが、エイヤッと岩戸を投げとばすと、アマテルカミさまのお手をとって、外の世界につれ戻されました。めでたし、めでたし。

いっぽう、めでたくないのは、ソサノヲさまです。いっときの感情を爆発させてしまったためとはいえ、ハナコさままで死なせてしまったのです。髪やつめを引きぬかれた上で、死罪になりかけたとき、セオリツ姫さまからお手紙が届きました。

「ソサノヲの命を奪ったとて、妹のハナコが浮かばれるわけではありません。ソサノヲには、生きて、罪を償ってほしゅうございます。こうなったのも、ソサノヲが生まれたときの天のむしばみによるものなのですから、ソサノヲに罪があるわけではないのです」

セオリツ姫さまの、ご慈愛溢れるこのお申しでに、裁判をしていたタカマ（朝廷）のカミさまたちは心を動かされました。その結果、ソサノヲさまは死罪をまぬがれ、下民《したたみ》としてさすらい人となることが決まったのですが、大きな体に青い衣を着て、すげ笠にみのをまとったソサノヲさまは、どこからみても罪人でしかないのでした。

「慈悲深いセオリツ姫さまに助けられたこの命。決して、むだにはするまい。ハナコ、赦せ。かくなる上は、おぬしの分まで生きて、償うしかない。よし！　行き先は、懐かしいネの国だ。そこで妻をめとって、立派な国を築いてみせる！　その前に、しばしのお別れとなる姉さまに、ごあいさつにいくぞ！」（注16）

ズドン、ズシン、グォーーーーーーーーーーーーーーーー！

ソサノヲさまが、涙をまきちらして飛ぶようにかけていくと、風も、地も、轟音をたてて、ググググォォォォ〜〜〜、ググググォォォォ〜〜〜〜、と揺らぎはじめました。

「この騒ぎは、ソサノヲのしわざに違いない。罰を受けても、いまだ荒々しさの残っているソサノヲは、きっと、この穏やかで住みやすいわたくしの国を奪いにきたのだ。みなのもの、警護にぬかりなきよう」

みなにそういい渡すと、ワカ姫さまは、髪を少年のようにあげ巻にゆい、服のすそを束ねて袴《はかま》とし、五百連のミスマル（玉飾り）を体に巻きました。そして、千五百本もの矢を身にまとい、弓を振り上げ、勇ましく剣をかざして、ソサノヲさまを待ち受けました。

「なにようじゃ」

ワカ姫さまの問いに、ソサノヲさまがこたえます。

「姉さま、そんなに怖がらないでください。わたしは罪をおかして、サスラヲとなってしまいましたが、昔、父さまからゆけといわれたネの国にまいろうと思います。そこで妻をめとって、しあわせになろうと思います。姉さまは、昔、母さまを亡くして泣いていたわたしに、いってくださいましたよね。このようなわたしでも、しあわせになれると。そして、今、ここに誓います。妻との間にできた子が女の子なら、わたしの心はいまだけがれており、男の子なら、清らかなことの証となります」

こういい残すと、ソサノヲさまは、ネの国へとさすらっていきました。

注15）ホツマツタヱには、わざおき（俳優）うたうとあるが、わざおきとは、魂《タマ》をアモトに返すために死者に向かって語りかける言葉。

注16）この時のワカ姫の宮は、琵琶湖東岸賀茂神社（滋賀県近江八幡市）周辺にあった。

第十一話　八股《やまた》のオロチ

　ところで、ヒカワの地で、コクミさんたちハタレ集団と合流したモチコさまとハヤコさまは、あれからどうなさっているでしょう。それが、いつも元気いっぱいで、天真爛漫にひた走っていたハヤコさまは、宿なしのさすら姫として放浪していたときのみじめさがたたって、今度は、同じくらいのネガティブパワーで、悔しい、悔しいと、世の中を恨みはじめてしまったんです。

「クラキネ父さまは、第七代アマカミであるイサナギ伯父さまの弟。その父さまの娘として生まれ、アマテルカミさまのお妃として嫁いだわたくしたちが、どうしてこんな目に遭わなければならないの!?　物乞いしながら生きてきた放浪中の、あの、みじめなことといったら！　お乞食、お乞食と、人に白い目でみられ、寒くても眠るところもなく、大きらいなノミやシラミにたかられて。ああ、思いだすだけでも、おぞましい！　わたくし、このまま、引き下がったりしませんから！　わたくしたちをこんな目にあわせた者たちを、ギャフン！　といわせてみせますから！」

　そういうと、ハヤコさまは、八股のオロチ（大蛇）に身を変じ、ぐるぐる、ねちねち、とぐろを巻いて、復讐の機会をうかがいました。

　そんなある日、ハヤコさまは、筑紫でひともんちゃくあったアカツチさん（注17）の弟のアシナツチさんが、タカマの引き立てにより出世し、佐太（注18）の村長となって、八人の娘さんと一緒にしあわせに暮らしていることを、人づてに聞きました。

「わたくしが、こんなに、みじめな思いをしているときに……」

その晩から、ハヤコオロチは、アシナツチさんの娘を人身御供《ひとみけ》にださせ、ひと〜り、ふた〜り、と食い殺し、とうとう最後のひとり、クシイナタ姫（注19）さまにまで、手をだそうとしておりました。

いよいよ、クシイナタ姫もつれていかれてしまうと嘆き悲しむ両親が、姫の手足を、さすり、さすって、別れを惜しんでいたときのことです。

三人のただならぬ様子に、通りすがりのさすらい人、ソサノヲさまが声をかけました。

「どうされたのだ」

その声は、凛《りん》として威厳があり、まさに、カミの御声そのものでした。事情を知ったソサノヲさまは、みめ麗しい姫を救わんと奮いたち、

「わたしは、アマテルカミの弟、ソサノヲだ。クシイナタ姫を、わたしにくださらぬか。姫のことは、わたしがお守りいたす」

と申しでました。

アシナツチ夫妻は、思いもかけぬなりゆきに驚きながらも、愛しいクシイナタ姫さまを、ソサノヲさまにたくしました。

その晩、ソサノヲさまは、姫の姿に変装し、山側の桟敷《さじき》に八そうのお酒を準備して、オロチがやってくるのを待ちました。

あたりが暗くなり、生ぬるい不気味な風が吹くと、八つの頭をもつ八股のオロチが姿をあらわしました。ひとつの頭は、お酒には見向きもせずに、前へ前へと進もうとしましたが、次の頭が、お酒のにおいに誘われて、ガブリ、ガブリと、飲みはじめます。それを合図に、頭という頭が飲んだくれ、ついにはひっくりかえって、その場に眠りこけてしまいました（注20）。

ソサノヲさまがオロチのそばまできてみると、驚いたことに、そこで眠っているのは、かつての同胞、ハヤコさまだったのです。

「ハヤコ、こんなところで、なにをしている！」

ソサノヲさまの声に、酔ってとろんとした目をハヤコさまは開けました。

「まさかとは思うが、アシナツチの娘たちを食い殺したのは、ハヤコ、おまえなのか」

「もちろん、そうですよ。わたくしのことをおいてけぼりにして、目もくれない人は、みんな、そうなればよいのです」

「ハヤコ、なんてことを。目を覚ませ！　自分のことは、自分でしあわせにするしかないんだ！　どんな状況にあっても、しあわせを感じるかどうかは、自分しだいなんだぞ。アマカミ一族に生まれ、アマテル兄さまに嫁いだことじたい、どんなに稀なるしあわせか。少しくらい気にいらないことがあったからといって、なにもかもだいなしにして、どうする！」

「そんなことといわれても、わたくしには、無理です。それとも、ソサノヲさま、わたくしを、お嫁さんにしてくださいますか？」

「すまん。それはできぬ。たった今、妻をめとったところだ」

「それなら、もうわたくしには、なにも希望がありません。ただただ、蛇《じゃ》の道をゆくしかありませぬ。わたくしのことは、もう、放っておいてくださいな」

「ハヤコ、このままでは、おまえはさらに罪を重ねてしまう。それくらいなら、いっそ、このソサノヲの手にかかって再生せよ。新しい生をあずかって、生きなおせ。ハヤコなら、きっとできる。もともと明るく、天真爛漫なハヤコなのだ。ハヤコのおしゃべりは、天下一品だからな。ハヤコと出会えて、わたしは楽しかったぞ。さらばだ！」

ソサノヲさまのハハキリ剣（注21）についたハヤコさまの赤い血は、まるで泣いているかのように、いつまでも、いつまでも、ポトリ、ポトリとしたたりおち、ソサノヲさまの青い着物を真っ赤に染め上げました。

注17）アカツチの娘がソサノヲの初恋の人、ハヤスフ姫

注18）島根県松江市北西部（今村聰夫先生著『はじめてのホツマツタヱ　天の巻』より）

注19）島根県仁多郡奥出雲町横田の稲田神社は、クシイナタ姫の生誕地。また、クシイナタ姫は、ソサノヲの初恋の人ハヤスフ姫の従妹。

注20）オロチが飲んだ酒をヤシホリの酒（仕込み水を使わない酒）という。

注21）ハハキリ剣でズタズタに切り刻んだオロチの尾から別の剣がみつかり、ムラクモ剣と呼ばれている。これは、

宝剣として受け継がれ、後にヤマトタケに授与されると、クサナギの剣と名を変える（いときょう先生著『やさしいホツマツタヱ　ミハタの八〜十』参照）。

第十二話　九頭《こかしら》オロチ

いっぽう、モチコさまは、ハヤコさまを上回る九つの頭をもつ九頭《こかしら》オロチと化して、身をよじらせて苦しんでおりました。アマテルカミさまだけでなく、我が子、ホヒノミコトまで奪った、にっくきセオリツ姫をかみ殺さんと、蝦夷白竜《えぞしらたつ》の岳《たけ》に長い間ひそんでおりました。ところが、恨みを晴らすチャンスが訪れる前に、セオリツ姫さまは、神となって天に召されてしまったのです。大きな光となって、神上がりされてしまったのです。九頭オロチは、のたうちまわって悔しがりました。恨みの炎に、身を焦がしました。

その後、どこをどうはっていったのか、自分でもわかりません。気がつくと、外ケ浜のイトウヤスカタ（注22）まできていました。ここには、宇宙の創造神アメミヲヤさまの善き心を知る、善知鳥《ウトウ》という鳥がおりました。その子鳥の姿に、我が子、ホヒノミコトの幻をみたモチコオロチは、「ウトウ」と子鳥に呼びかけました。子鳥は、お母さんの声にとびあがって喜び、「ヤスカタ」とこたえました。

モチコオロチの心に、かすかな安らぎが訪れかけた、そのときです。子鳥は猟師にみつかり、つかまってしまいました。

「我が愛しのホヒノミコトに、手をだすでない！」

モチコオロチは、猟師の前に姿をあらわしました。驚いた猟師は、子鳥を放したものの、ソサノヲさまの孫のシマツウシさまが、ハハキリ剣をふりかざして追いかけてきます。ハハキリ剣は、八股のオロチを斬ったソサノヲさまから受け継がれたものです。モチコオロチは、逃げました。逃げて逃げて、信濃の戸隠（戸隠神社奥社）まできたときです。タカマより送られてきたタチカラヲさま（注23）が、モチコオロチを力強く抱きかかえました。

「叔母上さま。あなたさまは、なにをそれほどまでに、恐れていらっしゃるのですか」

「よくぞ、聞いてくださいました。わたくしが、ほんとうに恐れているのは、セオリツ姫さまではないのです。わたくしが、なによりも信じられないのは、わたくし自身の心です。わたくしがコクミさんを逃がし、ハヤコともども、コクミさんの仲間になってしまったばかりに、たくさんの人を犠牲にしてしまいました。巻きぞえにしてしまいました。大切な息子、ホヒノミコトや三人の姪たち（注14参照）にも淋しい思いをさせ、その上、ハヤコまで死なせてしまって。

わたくしがオロチとなって、とぐろを巻いたために、ハタレの数もふくれ上がり、アマテルカミさまにも、タカマのみなさまにも、多大なご迷惑をおかけしました。わたくしは、どれだけ人を不幸にすれば気がすむのでしょう。自分が恐ろしゅうございます。とことん恐ろしゅうございます。

わたくしはただアマテルカミさまと、愛し愛されたかっただけなのです。仲よう、平和に、暮らしたかっただけなのです。それが、どうして、このようなことになってしまったのでしょう。わたくしの心と体は、日に三度、業火《ごうか》に焼かれて苦しんでいます」

「仲よう、平和に暮らす人生は、叔母上さまはすでに、前世で経験しているのではないですか。今世では、逆の立場を選んだだけなのですよ。叔母上さまのしあわせの陰で泣いた者たちの気持ちがわかるように。それをご存知であれば、これほどまでに苦しまずにすんだでしょうに。でも、叔母上さまのお陰で、ソサノヲ叔父さまは、人としてなによりも大切なことを学ばれました。なにごとも、経験なのです。むだなことなど、ひとつもありません。そう嘆かずに、なりゆきを見守りましょう。叔母上さまの身を清める御食《みけ》を用意しました。これを食べて、心身を鎮めてください。心が癒され、ふたたびご自分を、そして人を、愛することができるようになれば、またたくさんのしあわせが訪れるはずです」

タチカラヲさまのご慈愛溢れるお言葉に心和《やわ》され、モチコさまは、涙をホトホトこぼされました。

注22） 青森市安方の善知鳥神社。アマテルカミとハヤコの間に生まれた三つ子の姫、宗像三女神が祀られている。

注23） タチカラヲは、ワカ姫の長男。つまり、モチコの義理の甥にあたる。

第十三話　ソサノヲ、原点に帰る

時は戻り、八股のオロチを退治して、ハヤコさまのお弔《とむら》いをしたソサノヲさまは、クシイナタ姫さまを妻にむかえて、穏やかな日々を過ごしておりました。そして、はじめて生まれた赤ちゃんは、なんと、男の子だったのです！　みなさん、覚えていらっしゃいますか？　下民としてさすらい人となることが決まり、ワカ姫さまにお別れをしたとき、ソサノヲさまが誓ったお言葉。

「妻との間にできた子が女の子なら、わたしの心はいまだけがれており、男の子なら、清らかなことの証となります」

ソサノヲさまは、これで、これまでの自分の罪はすべて赦された、清められたと思いました。

喜びいさんで、姉のワカ姫さまのもとにはせさんじ、

「姉さま、男の子が生まれました！　わたしの勝ちです！」

といい放ったところ……。

「ああ、情けない。そのように勝ち負けにこだわるおまえの心こそが世の乱れを起こしたことが、いまだわからぬか。さっさと帰って、禊《みそぎ》を続けなさい」

ワカ姫さまの言葉に、さすがのソサノヲさまも、全身の血が凍りつくようなショックを受け、足どり重く帰途につきました。

肌を刺すような冷たい風が吹きつけ、ひとりぼっちのさみしさに身を震わせながら、ソサノヲさま

は思いました。

「いったいわたしの、なにがいけないのだろう。なにをやっても、どれほど努力しても、空回りばかり。この先わたしは、どう生きていったらよいのだろう」

そんなとき、ソサノヲさまの目の前に、懐かしい映像が広がりました。

そこには、生まれる前の元気いっぱいのソサノヲさまが、雲の上を、デーン、デーンのデーン！ととびはねながら、地上へ降りていくべく、アメミヲヤさまにお別れをする姿が映しだされています。

「アメミヲヤさま、長い間、お世話になりました。おなごり惜しいですが、いってきます！」

「おお、いざ見送るとなるとわしも淋しいが、いつも見守ってるから、安心せい」

「はい！」

ソサくんは、元気よくこたえます。

「ただ、ひとつだけいっておこう。新しい家族となるそなたの子孫たちは、そなたを偉大なるご先祖だとは知らぬ。上に立つ者が私心を持たずに民に尽くし、和すという『トの教え』を説いた国の祖だということを知らぬ。力のありあまるおまえは、太陽のようなアマテルの陰でつらい思いをするが、それでもよいのじゃな」

「はい、だいじょうぶです！」

「そなたの敬愛するイサナミからも、自分の力をもてあます困った子だと思われ、そなたが大きくなる前に、イサナミは天に還ることになるが、ちゃんとやり遂げられるか。前回よりも、かなり難度の高い人生となるが」

「それはちょっと、つらいかもしれませんが……。でも、いつでも、どんなときにも、自分を信じて、みんながハッピーになれるよう、がんばります！」


ソサノヲさまは、映像に目がくぎづけになりました。

「そうだった。わたしは今世で、どんなに人に認められずとも自分を信じて、みずからしあわせを築き上げていくという課題を選んだのだった。それなのに、これまでのわたしは人の目ばかり気にして、自分をがんじがらめにしていた。わかってもらえないとわめいては、暴れた。なんと愚かなことだろう。よし、今のわたしがなすべきことは、我が宝、クシイナタ姫と生まれたばかりの息子を慈しむこと」

ソサノヲさまは、タカマへの復帰よりもなによりも、まずは、自分の愛する家族をしあわせにすることを心に強く誓いながら、一歩いっぽ、ふみしめるように、家族の待つネの国へと帰っていきました。

第十四話　ハタレの乱

ソサノヲさまがネの国で静かに暮らしている間、タカマでは、これでもか、これでもかと続く、ハタレの乱の対応に追われ、てんやわんやの大騒ぎでありました。

アマテルカミさまによると、どうやら、ハタレというのは、あまりに心がねじ曲がってしまったために、動物の霊魂に憑依《ひょうい》されてしまった人たちのことのようでした。

嫉妬に心を燃やしていると二シキオロチのシムミチとなり、功名心に執着すると鵺《ぬえ》（注24）のハルナハハミチ、傲慢な心は蛟《みづち》（注25）のイソラミチ、欺く心は狐のキクミチ、卑屈な心は猿のイツナミチ、上から目線は天狗のアメエノミチになるのです（注26）。

アマテルカミさまの戦法は、相手の好物を投げ入れて、敵がガツガツ食らいついている隙に、いっきにわらび（葛のつる）で編んだ縄で捕獲するというものでした。敵といえども、なるべく死者をだしたくなかったのです。捕らえたハタレは、海水で洗い清めたり、山岳道場に送って修行させたりして、心と体を浄化させせました。ただし、猿とのあいの子であるがゆえに卑屈になってしまったイツナミチたちは、来世では人間として生まれたいとアマテルカミさまに懇願し、次から次へと崖から身を投げたため、魂《タマ》返しをすることになりました。つまり、亡くなったハタレの霊魂から猿の霊を取りのぞいて、アメミヲヤさまの元に魂《タマ》をお返ししたのです。

注24）鵺は、日本に伝わる妖怪、あるいは物の怪。

注25）蛟は、伝説上の蛇類、あるいは水神の名前。また、水と関係があるとみなされる竜類。

注26）今村聰夫先生著『はじめてのホツマツタヱ　天の巻』参照。

第十五話　ソサノヲの悔恨

いっぽう、ネの国で八年もの間、家族とともにひっそり暮らしているうちに、ソサノヲさまは、やっぱり淋しくなってしまったようです。それはそうですよね。もともと、ありあまるほどの力のある、ソサノヲさまなのですから。だんだんと、その力が内側に向かっていき、しだいに自分を責めるようになってしまいました。自分のせいで、イサナミ母さまが死んでしまった。自分のせいで、アマテルカミさまに迷惑をかけてしまった。自分のせいで、ハナコさまが死んでしまった。自分がモチコさまとハヤコさまの話にのってしまったために、ハタレに火をつけてしまったというふうに、もう、なんでもかんでも自分のせいだと、強く強く思い込んでしまったんです。なにをするにも、人並みはずれてパワフルなソサノヲさまですからね。

「わたしなど、生まれてこなければよかったのだ」

そう、ソサノヲさまが思ったときです。どこからともなく、穏やかな声が聞こえてきました。

「間違いに気づいたら、それでもう、よいのです。気づいたら、ああわるかったと心の底からお詫びして、前へ進むのです。そこで自分を責めはじめると、苦しみが苦しみを呼んで、どんどん大きくなってしまいます。それを断ち切るためにも、責める気持ちを感謝にかえて、自分を、人を、赦すのです」

「責める気持ちを、感謝にかえて赦す……。それは、どのようにして?」

「たとえば、イサナミ。イサナミは、ソサノヲ、おまえを愛するがゆえに、おまえが荒らした畑をみなに償おうとした。そのイサナミの愛に、こたえるのです。心の底から、感謝するのです。そこまでして自分を守ってくれてありがとうと感謝し、自分を赦すのです」

うつむいて、肩を震わせているソサノヲさまに、声は続けました。

「ハナコにしても、同じです。あの者は、自分の命を与えることによって、おまえの業を清めたのです。みずからが盾となって、おまえの暴走をとめようとした。すべては、天の愛なのです」

「すべては、天の愛……。ならば、ハタレたちも……」

「そうです。おまえは、ハタレの悲惨さを、だれよりも知っている。だからこそおまえが、ハタレのでない国、淋しい者のいない、みんながしあわせな国を築けばよいのです。そして、それこそが、モチコとハヤコへの供養にもなるのです」

「モチコとハヤコへの供養に……」

「そうです。ソサノヲ、与える喜びに気づきなさい。与えても、与えても、なくならない愛。与えれば、与えるほど、豊かになる愛。おまえにならできるはずです」

「このわたしに？　どうして、どうやって！」

ソサノヲさまがたたみかけると、その声は、ソサノヲさまの頬をそっとなでながら、やさしく、軽やかに、吹きぬけていきました。

第十六話　チャンス到来

それから、まもなくのこと。ハタレの乱の根絶をめざすタカマから、ハタレの親玉コクミを討つ軍がネの国に送られてくることを、ソサノヲさまは風のたよりで聞きました。

「どうしても、その兵に加わり、タカマのお役にたちたい！　そして、今度こそ、天から授けられた力を、与えつくせる自分になりたい！　このまま、自分の行いを悔やみ続けて、潰れるのはいやだ！」

心からそう願ったソサノヲさまは、甥っこのイフキヌシ（注27）率いる兵が出雲路をやってくるのを、道ばたでひとりたたずみ、ただひたすら、待っていました。

待って、待って、待ち続け、ああ、もうあきらめて、帰ろうかと思った、そのときです。ザッ、ザッ、ザッ、という音とともに、馬や兵の一行が、ソサノヲさまの目の前にあらわれました。

「イフキヌシさま！」

ソサノヲさまは、身につけていたみのや笠、剣を投げすてて、イフキヌシさまの前にひれ伏しました。

「おひさしぶりでございます。ソサノヲでございます」

「ソサノヲ叔父さま？」

「はい、そうでございます」

大きな目を見開いて、滝のような涙を流すソサノヲさまを、イフキヌシさまはじっとみつめました。

「申し訳ないことです。ほんとうに、申し訳ないことです。わたくしの傲慢な心のために、アマテルカミさまをはじめとする、タカマのみなさまに、大変なご迷惑をおかけしてしまいました。みずからを、みの笠のみで放浪する身におとしめ、ハタレの乱の元凶を作ってしまいました。この三千日（八年）の間、くる日も、くる日も、自分の行い、荒ぶる心を、悔やんで、悔やんで、悔やみ続けておりました」

そして、ソサノヲさまは、御魂《ミタマ》からふりしぼるような御歌を、三回繰り返してうたいました。

天下《あも》に降る　吾身《あがみ》の瘡《かさ》（みの笠）ゆ
血脈《しむ》の幹　三千日間《みちひはざま》で
あらふる恐れ

イフキヌシさまは、馬からとび降りると、男泣きに泣くソサノヲさまを抱き起こしました。

「叔父上さま。どうか、お顔を上げてください。叔父上さまのお気持ち、このイフキヌシに、痛いほど、痛いほど、伝わってきます。どんなにか、おつらい日々をお過ごしだったことでしょう。でも、もうだいじょうぶです。わたくしと共に、ハタレの根を討ちにまいりましょう。一族への忠誠をしめす大きな手柄をたてれば、天意《あい》をえて、これまでの罪も赦されましょう。さあ、ご一緒にまいりましょう！」

もともと、泣き虫のソサノヲさまです。やっと、やっと、肉親から受け入れられ、慈愛溢れる言葉をかけられて、甥っ子の手を握りながら、いつまでも、いつまでも、滝の涙を流し続けました。

こうして、イフキヌシさまに受け入れられたソサノヲさまの活躍には、目をみはるものがありました。

もともと、心も体も大きく、ありあまるほどの力をもつソサノヲさまです。

あっというまに、ハタレの牙城に討ちいって、コクミさんとの一騎討ちとなりました。

「コクミ！　いつまでこんなことをしているのだ！　このままでは、おまえもおまえの仲間たちも、ただただ破滅への道をたどるだけなのが、わからんのか！　わたしとて、かつては、軽く扱われては泣きわめき、暴れた。それによって、大切な人たちを不幸にしてしまった。そのことに苦しみ、潰れそうになったとき、どこからともなく、声が聞こえてきたのだ。責める気持ちを感謝にかえて、自分を、人を、赦せと。すべては、天の愛なのだと。今ならまだ間にあう。改心して、いちからやりなおせ！」

「なにをごちゃごちゃ、よくわからねーことを！　やりなおせだと？　ばかばかしい！　ここまできたんだ。今さら、引き返せるか！」

そういい放つと、コクミさんは、怒りにまかせて口から火を吐く巨大オロチの姿に身を転じました。

「どうだ。驚いたか。おれの力を、みせつけてやる。覚悟しろ！」

それをみて、ソサノヲさまがすばやく岩陰に身を隠し、様子をうかがっていると、オロチが火を吐くたびに、コクミさんの姿がぼんやり浮かんできます。

「これは。うまくすれば、コクミに憑依したオロチを、切り離せるやもしれぬ」

ソサノヲさまが、オロチの後ろにまわって目をこらすと、オロチの腹から、コクミさんと繋がっているコードがでているのがみえました。

「よし、あれだ！　あれを切ればよいのだ！」

オロチは、怒りくるって火を吐くばかりで、ソサノヲさまがどこにいるのか、まったくわかっていません。

「今だ！」

ソサノヲさまは、空高く剣を振り上げると、稲づまのように鋭くコードを断ち切りました。

すると、憑依する体をなくしたオロチはみるまにしぼんでいき、後にはコクミさんの体が、地面に横たわっていました。

「コクミ、だいじょうぶか、コクミ」

ソサノヲさまが体を揺さぶると、コクミさんは、静かに目を覚ましました。

「ここは……。おれは、なぜ、こんなところに」

「巨大オロチに憑依されて、わたしと闘ったのだ。でも、もうだいじょうぶだ。オロチとのコードは、しっかり切断した」

「ああ、それで、こんなにも体が軽いのか……。すべてが、まるで別世界のようにみえる。おれは、なにをあんなに、恐れていたのだろう」

汚れた頬に、後から、後から、涙を流しながら話すコクミさんを、ソサノヲさまは、やさしくみつめました。

「おやじも、おふくろも、早くに死んじまったが、いつもおれのことを、コクミ、コクミと、かわいがってくれたんだ。ひとりぼっちになってからも、みんなが冷たかったわけじゃない。手をさしのべてくれた人もいたんだ。でも、おれの心がねじけちまって、そんな温かさを受け入れられなかった。おやじとおふくろじゃなきゃいやだと、自分で勝手に、拒絶しちまった。自分で自分を孤独にして、世間は冷たいと恨んだ。ほんと、笑っちまうよな。まったくもって、申し訳ねえ。とくに、おれを心から信じて、取り立ててくださったクラキネさまには、お詫びのしようがない。モチコさまとハヤコさままで、巻きぞえにしちまって……」

「コクミ、それに気づいたからには、もうだいじょうぶだ。これからは、クラキネさまから受けたご恩を、自分のまわりにいる者たちに、ただただ、返していくのだ」

「自分のまわりに……。実は、こんなハタレのどうしようもないおれに付いてきてくれたやつらが、まだ少し、残ってるんだ。あいつらを、なんとかしてやらないと」

そんなコクミさんに向かって、うん、うん、とうなずくと、ソサノヲさまは、いいました。

「コクミ、自分を責めるんじゃないぞ。責めそうになったら、すぐに気持ちを切りかえて、自分を赦すんだ。そして、もらった恩に、感謝する。ありがたい、ありがたいと、感謝しながら、恩を返し続けるんだ」

「わかった」

コクミさんは、ソサノヲさまの言葉に首を大きく縦にふると、力強く大地をふみしめながら、新たな人生へと続く道に向かって、足をふみだしました。

注27）イフキヌシは、ソサノヲの兄ツキヨミの長男。

第十七話　ソサノヲ、赦される

こうして、ハタレの親玉、コクミさんに取りついていたオロチを退治したソサノヲさまは、イフキヌシさまとともに、イサワの宮のタカマへ上がりました。

思いもかけないソサノヲさまのご帰還とお手柄に、タカマもわきたち、ソサノヲさまの今後を決める会議が開かれました。

そこで、もろカミさま（指導者たち）の心を打ったのは、ソサノヲさまがイフキヌシさまに向けて、万感をこめて詠んだシムの歌

天下に降る　吾身の瘡ゆ
血脈の幹　三千日間で
あらふる恐れ

でした。

「下民に降りてから、ソサノヲはこれほどまでに自分の行いを悔やみ、みずからの驕《おご》る心を恐れ続けていたのですね。心身が清まったことがわかれば、すべてのわだかまりもとけるというものです」

こういったもろカミさまの声を聞き、アマテルカミさまは、ソサノヲさまの過去の罪をすべて赦し

て、「ヒカワ（氷川）神」の称え名を賜《たまわ》りました。さらに、ヒカワの地で宮を持ち、サホコの国を治めるようお命じになりました。

こうして、晴れてふたたび、アマカミ一族に受け入れられたソサノヲさまは、やっとやっと、長年かかえてきた心の重荷から解放され、水をえた魚のように力がみなぎるのでした。

春の日ざしに包まれるような穏やかな心の安らぎと平和に、魂の底から湧き上がるしあわせと喜びを感じたソサノヲさまは、今いちど、きちんとアマテルカミさまにお礼を申し上げたいと願われ、持ち前のバイタリティーで、ふたたびイサワの宮にかけつけました。

「兄さま、せんだっては、このようなわたくしをお赦しくださり、受け入れてくださいまして、ほんとうに、どうもありがとうございました。兄さまからいただいたご慈悲のお陰で、心と体が和《やわ》され、生まれ変わったような心地でございます。思えば、奇《く》しきご縁でクシイナタ姫と出会ったことにより、大切な家族を与えられて、ここまでくることができました。そこで、新しい宮を、クシイナタ宮と名づけさせていただければと存じますが、いかがでしょうか。また、サホコという名は、ハタレによってけがされてしまいましたので、以前、兄さまにご助言いただいたように、出雲と命名させていただければと存じますが、お赦しいただけますでしょうか」

「ソサノヲ、それを伝えに、わざわざここまできてくれたのか」

アマテルカミさまは、うれしそうに目を細めました。

「おまえは、もうだいじょうぶだ。すべては、おまえの淋しさゆえのことだったのは、わたしにもわかっていた。ただ、ハナコを死なせてしまった以上、ああするより他はなかった。おまえが死罪になりそうになったときは、さすがに慌てたものだが。ソサノヲ、出雲の民たちを、しあわせにするのだぞ。私心なく民に尽くして、本物の指導者になるのだぞ」

「かしこまりました！」

それからというもの、ソサノヲさまは、ハタレ、つまり、淋しい人のいない、みんながしあわせな出雲の国づくりに、ご自身の心と体を与え尽くされました。二度と傲慢になることなく、ただただ民の笑顔がみたいと、尽くし、和《やわ》し、愛と赦しに満ちた平和なお国をつくりました。イサナミ母さまの笑顔を、いつも心に思いうかべながら。

それを見事に完成させたのは、ソサノヲさまのご子息で、心優しいオホナムチのカミさまです（注28）。

ところで、出雲の国づくりをはじめられたばかりのころ、ソサノヲさまがワカ姫さまに贈られた次のような名歌があります。

八雲たつ　出雲八重垣　妻篭《つまご》めに
八重垣つくる　その八重垣わ

お宮が完成する前に赤ちゃんを身ごもられたクシイナタ姫さまを、八重の垣根（島根県松江市八重垣神社）を巡らせてでも守りぬくぞという、ソサノヲさまのお気持ちがこめられたこの御歌ですが、みんなが満ち足りた気持ちで暮らす出雲のお国では、そんな八重垣も必要なく、すぐに取り払われてしまったのではないかと思うのは、わたしだけでしょうか。

それでは、この物語は、ひとまずこれでおしまいです。

最後までお読みいただき、ソサノヲさまや出雲の女神さまたちを愛していただいて、本当にどうもありがとうございました。

またお会いできるのを、楽しみに。

注28）ソサノヲの墓所といわれるところはいくつかあるが、そのひとつが、日御碕《ひのみさき》神社（島根県出雲市）裏手の海岸近く、隠ケ丘《かくれがおか》にある。

監修者解説

ソサノヲと琴のお話

いときょう

この物語でワカ姫さまが奏でていらした琴ですが、そもそも琴は、七代目のアマカミ（天皇の古称）イサナギの考案によるものです。妻はイサナミといいます。イサナギは、ある時垣に植えられたカダ（葛）にイトススキ（糸薄）の穂が当たり、とてもたえなる音（心地よい音）がしたことから、その音と同じような響きをかもす楽器を創ろうと思いました。こうして生まれたのが三弦《みすじ》の琴といわれる琴です。その琴は、葛《くず》という植物の花と葉を模し、琴の形を花にみたて、弦《つる》を蔓《つる》にみたてて創られました。そして、この琴をうつ奏法をカダガキの奏法と呼びました。

その後、イサナギとイサナミは五弦の琴、イスコト（五弦琴）をあらたに創りました。この琴の音は、宇宙を構成している五つの元素、ウツホ・カゼ・ホ・ミヅ・ハニに響くものでした。ホツマツタヱを読むと、人も宇宙と同様に、五元素のすべてを持っており、人は宇宙そのものとして考えられていたことがわかります。

琴の音《ね》が五クラ（五元素）に響くと、人の体が宇宙とつながり、元気がみなぎるのでした。やがて琴の音に合わせた四十八の音からなるアワ歌が生まれます。イサナギ・イサナミ夫婦は、アワ歌を人々に教えるために日本各地を巡りました。またこの五弦の琴の奏法を、イスキ（五弦の音が光となる）打ちと呼んでいました。

アワ歌のもつ四十八音のコトタマ（言霊）と、琴の音のオトタマ（音霊）が人の体に響き合うと、五元素のエネルギーが人の体にある二十四の経絡《けいらく》に通うようになり、体に力が湧きあがり、その結果、言葉がはっきりと出るようになるのでした。これにより人々はスムースにコミュニケーションがとれ、皆が力を合わせて水田造りにはげむことができたのでした。

その後、息子のアマテルカミ（天照大神）の時代になると、ハタレという名の大きな反乱が起きました。アマテルカミがこの反乱を無事治めますと、朝廷《タカマ》において、弓弦《ゆづ》（弓の弦）を打ち鳴らしてお祝いをしました（のちの鳴弦《めいげん》の儀）。この時に、サルタヒコの妻ウスメが、六張りの弓をならべて見事に奏でるのを見たアマテルカミは、桑の木で六弦からなる六弦琴《むゆづこと》を創ることを思いつきました。

アマテルカミよりこの琴を賜わったワカ姫は、この琴の六弦をとても上手に弾き分けました。そしてこの六本の弦をカダ（葛）、フキ（蕗）、カナデ（曲）、メガ（茗荷）、ハ（羽）、ヒレ（領布）と名付けました。この名は、その昔六ハタレと呼ばれる六つの集団が、国を揺るがすような大きな反乱を起こした時に、これらが大変役立ったことにちなんで、この名が付けられたのでした。

ですからこの六弦の琴には、魔を封じ込め、そして祓う意味が込められています。この六弦琴の奏法を、当初「八雲打ち」といいました。

アマテルカミの弟ソサノヲとクシイナタ姫の宮が完成する少し前に、姫が子を孕《はら》みました。そこでソサノヲは家族への愛を込めて、古事記にもある有名な和歌を詠みました。

八雲たつ　出雲八重垣　妻籠《つまこ》めに　八重垣つくる　その八重垣わ

【八重谷にたつオロチの叢雲《むらくも》から妻と子を守るため八重垣を作り、その八重垣の中に籠《こ》めて守り抜く】

この歌を姉のワカ姫に捧げたところ、とても歓び、姉より六弦琴《むゆづこと》を使った八雲打ちの奏法によるカナデ（曲）が授けられました。このカナデに合わせてクシイナタ姫が歌いますと、不思議なことに天からとても清らかな光が降りてきたのです。

そこで姫は、魔を封じ込め祓う「八雲打ち」という暗いイメージではなく、清らかで明るいイメージにしたいとの思いから、奏法の名を「八重垣打ち」と代えることにしました。

この美しい琴の音を聴いて育ったソサノヲとクシイナタ姫の皇子の名を、オホナムチ（クシキネ）といいました。クシキネとは、クシ（清らかな光の音）で育ったキネ（男子）という意味です。オホナムチは、成人してからは、人々の幸せのためにことに優しく国を治めましたので、オホナムチの教えを授かった人々が彼を呼ぶ時は、ヤシマシノミのオホナムチと呼び讃えたのでした。ヤシマとは八島＝日本のこと、シノミとは民のために国中に穀物や木の実をもたらしたという意味です（オホナムチは大国主命とも呼ばれている）。

さて、ハタレの乱が無事に治まった頃、諸カミ（指導者たち）が、以前ソサノヲが甥《おい》のイフキヌシに向けて心を込めて歌った改悟の歌を、よくよく検討してみることにいたしました。

天下《あも》に降る　吾身《あがみ》の瘡《かさ》ゆ　血脈《しむ》の幹　三千日間《みちひはさま》で　あらふる恐れ

【我が身の汚れから生じた瘡《かさ》（罪）によって、大切な血脈《しむ》（ここでは皇族）の幹《みき》（根幹）を三千日もの間、揺るがすようなことをしてしまい、心の底から深く深く反省している】

この歌から、ソサノヲは改心し、身の我《が》（自分本位の考え）が消えているという結論に至りました。その旨をアマテルカミに報告したところ、ソサノヲはアマテルカミよりヒカワ神の称号（後に氷川神社となる）を賜うのでした。さらに「ハタレの根を討ったソサノヲの功績は誠に立派である。そこサホコの国に、国の基礎《もとい》を開くべし」との勅《みことのり》が伝えられてきました。

この時、八重垣の剣と幡（大物主《おおものぬし》の位の印）も賜りましたので、ソサノヲは晴ればれとした気持ちでアマテルカミがおられる宮、伊雑宮（三重県）に上り、敬い申し上げました。

「タカマノハラ（大宇宙）からのクシヒのチカラ（欲のない偉大な力）により、ようやく清地《すがは》に宮を築くことができました。築いた宮の名をクシイナタ宮と名づけ、妻と共にこの国の発展のために誠心誠意つくします」

こうしてサホコ国の名は代えられ、イヅモ（出雲）の国となったのです。イヅモとは国の基礎《もとい》を開くという意味です。その後のソサノヲは、天なる道（私欲のない心で人々につくし・やわす＝トの教え）をもって、民の暮らしを安らかにするために、一生懸命国造りにはげんだのでした。

その皇子オホナムチ（大国主命）は、オオモノヌシ（大物主・後の右大臣）の位に就き、国家の治安維持に尽力したばかりでなく、出雲の国の他にも各地に水田や畑を造り、この国を大繁栄させたのでした。

ソサノヲの恩人イフキヌシ

ソサノヲの兄ツキヨミとイヨツ姫の間に生まれた皇子イフキヌシ（モチタカ）は、ソサノヲの大恩人となった人です。それはソサノヲが、姉ワカ姫の厳しい一言でショックを受け、サホコ（後の出雲）において、何もできず落ち込んでいたところを、イフキヌシのお陰でハタレ討伐の機会を得ることができ、これによって朝廷《たかま》に復活する道が開かれたからでした。

イフキヌシも叔父ソサノヲの百人力の力を得て、古代日本を揺るがした大事件、ハタレの乱もようやく治まったのでした。活躍したイフキヌシには恩賞として琵琶湖南岸が与えられ、死後イフキ山（伊吹山）に祀られました。

ソサノヲの生まれ変わりヤマトタケ（日本武尊）の遺言

ところでこのお話は、紀元前九〇〇年頃にあった出来事ですが、後の西暦三世紀頃に、ヤマトタケ（日本武尊）がソサノヲの生まれ変わりとして活躍いたしました。ヤマトタケの斎ミナ（本名）はハナヒコといいました。ソサノヲの斎ミナはハナキネといいました。お互いに名にハナが付くこともあり、ヤマトタケはソサノヲを大変尊敬していました。

また母のハリマイナヒオイラツメは、吉備の豪族キビツヒコの娘であり、ソサノヲの子孫であります。そういう訳で血筋的にもヤマトタケは、ソサノヲの子孫になるのです。このヤマトタケが伊吹山で大失態を犯してしまったのです。

あろうことか、ソサノヲの大恩人イフキヌシが祀られていることを知らずに、ヤマトタケは敬いの祀《まつ》りもせずに、伊吹山に入って行ったのです。イフキヌシは蛇に化身して、山道に出てきましたが、うかつにもそれがイフキヌシと気づかず、その蛇をまたいで山頂に向かいました。

怒ったイフキヌシは山を大嵐にしてヤマトタケに大けがをさせてしまったのです。ヤマトタケがそのことに気づいたのは、アスカ（今の奈良県）にいる父（景行天皇）のもとに帰る途中でした。ノボノ（能褒野、三重県）というところでヤマトタケは命を落とすことになりますが、この直前に父に遺言を遺します。

「私は大事な先祖ソサノヲ様の恩人イフキヌシ様のことを忘れ、うかつにも敬いの祀りを行うことなく、伊吹山に入ってしまいました。私の命は今、ここで尽きようとしています。これまで私に愛情を注いでくれたお父様には、たくさんご報告したいことがありましたのに、この身ではお父様のもとに帰ることができません。私はお父様の後を継ぎ、日本の国を守る天皇にならなくてはならない身でした。でも思い返せば、私は大事な先祖のことを忘れていました。今後、後の子孫が、過ちを犯さない為にも、是非、各豪族が持っているこの国の歴史を記《しる》した史《ふみ》を集め、再編纂していただきたいと思います。また私がツクシ（九州）、ホツマ（関東）、ヒタカミ（東北）に遠征し、朝廷《たかま》を中心とする国がいかに大切であるかを示してきましたが、この国は昔と違い、海の向こうからたくさんの人が来て、これまで培ってきた国の大切な伝統が失われていく傾向にあります。その意味からも、先祖の系譜とその行いを明らかにしておくことはとても大切なことと思います」

ホツマツタヱを再編纂した方は、ソサノヲの子孫であるオオタタネコ（大神神社・若宮社のご祭神）で、彼はオオモノヌシ（大物主）の系譜の方でもありました。この時代（西暦三世紀頃）において、一千年以上も前の出来事が、大切にされ、和歌をもって記録に遺されることになったのです。

著者あとがき

あいかわゆき

今はただ、こうして無事に本書を上梓させていただけるしあわせに、心からの感謝の気持ちでいっぱいです。

思えばすべては、とある神絵画家の先生が描かれたソサノヲ様の眼差しに、三歳半である日突然お空へ還っていった最愛の息子こうきの面影をみたことから始まりました。

当時のわたしは、古事記・日本書紀はもとより、日本の神々様のことをほとんど知りませんでした。それが、子ども向けの日本の神話から読み始め、あれよあれよという間に日本最古の古文書ホツマツタヱまで導かれて、ソサノヲ様の物語を書かずにはいられなくなった不思議には、ただただ驚くばかりです。これはもう、五七調が美しいホツマツタヱの魔法にかかり、全四十アヤ（章）のうち縄文時代に書かれた最初の二十八アヤでさえ、現代のわたしたちが読んでも理解できる言葉や表現が数多く使われていることに感動して、ホツマツタヱの精霊たちに導かれたとしか思えません。

ソサノヲ様の神絵との出会いと時を同じくして、亡き最愛の母を想い、長らくひとり暮らしをしていた父が、母とこうきに導かれて出会った継母と再婚しました。そして、継母が縁の神社、愛知県額田郡幸田町の貴嶺宮にてご先祖供養を始めてくれたことによって、長らく疎遠だった相川本家の知昭宮司と繋がり、本家が、千二百年近くもの長きに渡り、出雲の神々様をお祀りする神奈川県相模原市津久井中野神社を、地域のみなさんに支えていただきながら、先祖代々お守りさせていただいていることを知りました。

　そしていざ、ソサノヲ様の物語を書き始めると、執筆と同時進行で、物語とシンクロする自分自身の心の闇とがっぷり四つで向き合わされ、否が応でも禊をさせられました。それまで、心の奥深くに封印して顔を背けていた現実、大好きな祖国日本を離れて、冬にはマイナス20度以下にもなるカナダの田舎町にお嫁にきたこと、親類もいない凍える大地でようやく与えられた眩いばかりに輝く希望の光こうきを、ある日突然失い、天国から地獄に突き落とされたこと、それに伴って湧き上がったさまざまなネガティブな感情といちどきに対面させられた時間は、まさに、言語を絶する艱難辛苦の連続でした。途中、何度ギブアップして日本へ逃げ帰ろうと思ったかしれません。罪を悔いてご自分を責めに責めるソサノヲ様のお言葉「どうしても、その兵に加わり、タカマのお役にたちたい！　そして、今度こそ、天から授けられた力を、与えつくせる自分になりたい！　このまま、自分の行いを悔やみ続けて、潰れるのはいやだ！」は、日本での恵まれた暮らしを捨て、カナダでの試練に満ちた人生を選んだことを、後悔ばかりしていたわたし自身の言葉でもあったのです。ソサノヲ様の言葉だけではありません。モチコ様の「わたくしは、どれだけ人を不幸にすれば気がすむのでしょう。自分が恐ろしゅうございます。とことん恐ろしゅうございます。わたくしはただアマテルカミさまと、愛し愛されたかっただけなのです。仲よう、平和に、暮らしたかっただけなのです」というお言葉も、本当は日本で、家族や友人、先生方と仲よくしあわせに暮らしたかったのに、「このまま温室にいては、なにごとも成さないままで終わってしまう」と飛び出してきてしまった自分自身の心の叫びでもありました。コクミさんの「ひとりぼっちになってからも、みんなが冷たかったわけじゃない。手をさしのべてくれた人もいたんだ。でも、おれの心がねじけちまって、そんな温かさを受け入れられなかった。おやじとおふくろじゃなきゃいやだと、自分で勝手に、拒絶しちまった。自分で自分を孤独にして、世間は冷たいと恨んだ。ほんと、笑っちまうよな。まったくもって、申し訳ねえ」という言葉も、そのすべてが大好きだった母とこうきを続けて亡くして、もう誰のこともあんなふうには好きにならないと心を閉ざしたわたし自身の懺悔でもありました。

この物語は、ソサノヲ様を始めとする神々様が教えてくださった愛と赦しの物語です。責める気持ちを感謝にかえる。それこそが、真の赦しであり、究極の愛だということを教えていただきました。みんなが、自分を人を赦すことができれば、世界は一瞬にして、平和で穏やかな場所になるのですね。

こうして物語を書くことによって禊をさせていただき、カナダにお嫁にくるという最難関の人生を選んだ自分を褒め、苦難を含め、必要なものはすべて与えられていたと、人生を祝福できるようになったことは、なによりの、なによりのギフトであり、宝であると、心の底から湧き上がるような喜びでいっぱいです。

これからは、同じような思いをされ、今も勇敢に毎日を生きていらっしゃる福島や宮城のみなさん、困難な人生を敢えて選んで懸命に生きているみなさんと心で繋がり、みんなで笑顔で生きていきたいと願っています。だって、この世はなにもかもが完璧で、すべては「生まれる前の約束」なのですから。

最後に、本書を執筆するにあたり、大変お世話になったみなさんへの空いっぱいの感謝の気持ちをここに記させていただきたく存じます。

まず、この物語を書かせてくださったソサノヲ様を始めとする神々様、本書の監修を快くお引き受けくださり、励まし続けてくださったホツマツタヱ研究家のいときょう先生、大変参考にさせていただいた『はじめてのホツマツタヱ』全三巻（かざひの文庫）をご執筆された今村聰夫先生、ホツマツタヱをご紹介くださり、いときょう先生とのご縁を結んでくださった、笑顔と接遇マナー・コミュニケーション講師で姫路の光の柱であられる「あい☆えがお」代表の山本えりさん、執筆に苦しむわたしに優しく愛の手をさしのべてくださった伊勢のお母さんであり声楽家の市場史路さんとご主人の和典さん、お空のこうきの大親友ひでぼーくんのママで『ひでぼー天使の詩』（明窓出版）のご著者、橋本理加さん、こうきがお空へ還ってから、ピンチのときにいつも必ず支えてくれる沖縄の林純子さん、出版資金のためのお仕事をくださった九十代の科学者ダグ&グエン・ミルトン博士ご夫妻、わたしをカナダ原子力研究所の町ディープリバーへと導き、天国からミルトン家とのご縁を繋いでくださった英語教授のマーガレット・エリオット先生、ロシア出身のアーティストで水彩画を教えてくださったオルガ・ナツァーキナ先生、ディープリバーのお母さんで元小学校教師のジョーン・モリソンさん、中野神社を継いで故郷を守り続けてくれているはとこの知昭さん、「みーんな、ハッピーよ～☆」が口癖で、いつも変わらず無償の愛を送り続けてくれる天国の最愛の息子こうき、何度生まれ変わっても娘になりたいと思うくらい、なにからなにまですべてが大好きな天国の最愛の母深雪、拙著『ルナと光の天使』の出版資金のスポンサーとなり、物語を書く道を開いてくれた最愛の父信久、ご先祖供養をすることにより、相川本家と中野神社へと繋げてくれた相川家の宝である妃呂未母、こうき亡き後、床で干からびそうになったわたしをみて神様が特別に送ってくださった最愛の娘はんな、いつも明るく前向きで、このようなわたしのすべてを愛し続けてくれる最愛の夫ジョセフ、そして、こうきとともにソサノヲ様へと導いてくださり、命を繋いでくださった相川家、杉山家、ヴァンミーター家、ヒーバート家のご先祖様。

最後になりましたが、拙著『ルナと光の天使』に続き、本書を世に出してくださった明窓出版の麻生真澄社長と坂牧健一専務。

そして、このようなわたしと出会ってくださったすべてのみなさん、本当に、本当に、どうもありがとうございました。これからも、どうかよろしくお願い申し上げます。

■監修者略歴

いときょう

ホツマ出版株式会社取締役社長、ホツマツタヱ研究家。

1949年東京に生まれる。早稲田大学政治経済学部経済学科卒業。

2005年に訪れた若狭彦・若狭姫神社（福井県小浜市）が、ホツマツタヱの記述と一致することに感銘を受けて以来、独自の研究を重ね、ホツマツタヱ全アヤを解読後、後継者のために教科書としてまとめる。

東洋大学観光学科にてヲシテ文献を2年間講義。平成27年拓殖大学客員教授として講座「世界の中の日本」においてヲシテ文献を学生200名に伝える。これは、松本善之助氏以来二人目。

2017年2月10日皇居勤労奉仕団長として、天皇皇后陛下の御前にて、ホツマツタヱのオトタチハナ姫の和歌を伝える。

主な著書『古代史ホツマツタヱの旅』全5巻、『やさしいホツマツタヱ』全12巻、他。

著者略歴

あいかわゆき

津田塾大学大学院理学研究科卒業（整数論専攻、理学修士）。大学院在学中にカナダクイーンズ大学交換留学。カナダ在住ホツマ作家、翻訳家。

天国の最愛の息子こうきと地上の最愛の娘はんなの母。

２００９年秋、セドナで出会ったミスティカル数秘術の先生から「今すぐ、童話を書きなさい。今、すぐにだ！」という心強いお言葉をいただき、以来、出雲の神々様に代々お仕えしてきたご先祖様や子どもたちに導かれながら、物語を書くことをライフワークとしている。

著書に絵本『ルナと光の天使』（挿絵・柴崎るり子、明窓出版）、翻訳書に『前世占星術《カルマ》』（鏡リュウジ監修）と『アロマセラピー』（ともに産調出版）がある。

ホツマツタヱは、ヲシテ文字という古代文字で書かれている。ヲシテ文字は、五元素を表す母音と十個の子音との組み合わせからなる表意文字で、現代のひらがなと同じく四十八文字ある。

ソサノヲと出雲の女神たち
ホツマツタヱより

あいかわゆき

明窓出版

平成三十年四月二十日初刷発行
発行者―― 麻生 真澄
発行所―― 明窓出版株式会社
〒一六四―〇〇一二
東京都中野区本町六―二七―一三
電話 （〇三）三三八〇―八三〇三
FAX （〇三）三三八〇―六四二四
振替 〇〇一六〇―一―一九二七六六
印刷所―― 中央精版印刷株式会社
落丁・乱丁はお取り替えいたします。
定価はカバーに表示してあります。

ISBN978-4-89634-386-1

ルナと光の天使　（絵本）

文・ヴァンミーター 有貴／絵・柴崎 るり子

「このクッキーの ひみつはね、おねがいごとを かなえてくれるのよ」 ルナくんは、クッキーをみつめて いいました。 「みんなが ハッピーになれるように、ちからを かしてください」 すると、ルナくんは フワッとうきあがり、 いつのまにか おほしさまにのって よぞらをとんでいました。(本文より抜粋)

星の王子様を彷彿とさせるルナくんが、みんなの幸せを願って夜空の旅に出ます。 旅の先でルナくんが出会った存在とは……。

（読者さまからの感想文より）ルナくんが、旅立ちました。そして、色々な経験を重ねていくお話。子供は、とても純粋で光です。純粋ゆえに、様々な心模様があるよう。純粋ゆえに大人では、見えない世界にも敏感です。
スピリチュアルなお子様なら、誰でも、目をキラキラ輝かせて、ルナくんの世界へ入って行ってしまうでしょう。不思議ちゃんなお子様を持つお母さんには、是非、読んでほしい一冊です。絵も色鮮やかで、まるで光がそこにあるようです。絵だけでも十分楽しめます。子供の純粋な心に触れるような素敵な絵本です。

＊本書の絵の形は、調和の周波数を発する黄金比の長方形となっています。 「七田 厚先生、ご推薦! 」 しちだ・教育研究所の教材カタログ『天使のレッスン2012』で紹介されました。

本体価格　1500円

アイリスからの贈り物

Akihisa

―七色の光が煌めく心暖まる物語―

ギリシャ神話に登場する神の名と同じ“アイリス"という、不思議な癒やしの能力を持つ女性が姿を消した後の世界。
「愛とは何か?」「悟りとは何か?」西洋とも東洋ともつかない幻想的な世界の学生である主人公・真一が、私達と共に普遍的で壮大なテーマを探求する“人生と生命が輝くファンタジー"。

愛と平和を説き、この星の全てを抱きしめる聖アイリスと呼ばれた女性。王様は、「平和とは、私達一人一人の心から生まれる」というアイリスの言葉に深く感動し、子どもたちが通う学校に平和の心を育てる授業を数多く取り入れた。アイリスが姿を消してから250年後に、なにが起きるのか。

（読者さまの感想文より）本を手に取った瞬間から気持ちのよい絵に癒され、優しい気持ちになります。冒頭部分から美しい情景が心に染み入るように自然と物語に入り込むことができ、とても読み易いです。何度となく読みたくなる本で、読む度に新たな発見やその時々に必要な学びがあります。色々な意味でからくりがあったりするので内容理解には小さいお子さんには難しいかもしれませんが、言葉のひびきが優しく美しいので読み聞かせるには大丈夫な内容で、６歳児でも楽しそうに聞いていました。また病床にあるお年寄りに朗読してさしあげるにも喜ばれる書だと思います。読み終えたとき、以前よりも自分らしい生命の輝きがあたたかく心に瞬き始めるを見出されることでしょう。

本体価格　1600円

青年地球誕生　第二集

春木伸哉

蘇陽の森より、幣立神宮の宮司が、今、伝えたいこと——。天孫降臨の地より、日本の宗教の神髄や幸運を招く生き方など、私たちが知りたいたくさんのことが教示されています。

大和民族の故郷と五色人／分水嶺に立つ幣立神宮／十七日の祈願祭／同床鏡殿の御神勅／五色人祭は世界の祭／日本の建国とは／天孫降臨の地、高天原／常世の国／天孫降臨は歴史的事実／ニニギの尊が託された3つの言葉／古き日本人の感性／金鵄発祥の霊地／神武天皇、出立の地／神の光をいただいて祈るお宮／「ムスビ」は魂の出合い／「人に優しい」とは／日本における神 —— 子どもを神様として育てる／日本の宗教の神髄／家族の絆／幸運を招く生き方／天の浮き雲に乗りて／天降りとは／ニニギの尊の陵墓／日本の歴史観／高天原の神様からのお告げ

（読者さまの感想文より）幣立神宮宮司・春木伸哉氏が「日本」について縦横無尽に語り尽くした一冊。客観的な視点に宮司としての独自の解釈がブレンドされて、極めてユニークかつ深甚な内容になっています。前半は古事記などの神話の講釈と日本人の精神性、さらに歴史問題について言及し、後半はQ&A方式で、読者が感じる様々な疑問に答えます。興味深かった点は、研究家の間でも意見の対立が多い天孫降臨に関する講釈です。「天下り・天降り」の原意に立ち返り、皇太子等の地位の高い御方が地方に赴き、その地域を立て直した伝承だと述べます。本書を読めば、新たな「日本」を発見できるかもしれません。

本体価格　1429円